タヒチアンの涙 Tears of Tahitian

003　タヒチアンの涙 Tears of Tahitian

【前編】

【後編】

009　タヒチアンの涙 Tears of Tahitian

【前編】

1

《プロローグ》

ここは「最後の楽園」と呼ばれる島。

色鮮やかなゴーギャンの絵画で見たことはあっても、実際に訪ねたことがある人は少ないかもしれませんね。

本当に遠いとおい島ですから。


今わたしは、そんな島の真っ白い砂浜をひたすら歩き続けています。

この島の砂はサラサラと柔らかく、サンダルのつま先を一歩ずつ包み込んでしまい容易には前に進めません。

わたしがこの眩しい砂浜を永遠と歩いているのは、ある偉大なダンサーに指示されたから。

どうしてそう指示されたのか、その真意も、そしていつやめられるのかも分からないまま、わたしは泣きそうになりながらも、こうして幾度も砂浜を往復しているのです。

いつの間にか、涙と汗が首筋を伝い胸元に滴り、何万年も太陽の光を反射し続けてきた珊瑚の砂浜に消えていくのです。

「これって、悪い夢なのかな」

わたしの中からそんな言葉が響いてきますが、一人きりで歩き続けるわたしに誰も応えてはくれません。

「大丈夫。信じようよ、ひとりじゃないんだから」

しばらくして、そんな声が森の中から聴こえて消えた気がしました。

でも、本当に「ひとりじゃないのかな?」と心細くなってきました。

「これは悪夢でも悪意でもなく、何かがここから始まるはず」

ヤシの森に住む姿の見えない鮮やかな鳥たちが、そう呟いた気がしました。

2

《何もなかった街》

朝から霙混じりの雨でした。

「今日も寒いねぇ〜。風邪ひかないでね」

いつも忙しそうな寮長のおじさんが、足に合わないサンダルでバタバタと大きな音を立てながら踊り場を通り過ぎていきました。

凍った硝子窓の外では、背中の曲がったガードマンたちが黒い雨具を付けて、象のように大きな観光バスと、その象に群がる鳥のような小さな車を慣れた手つきで誘導しているのです。

内陸の丘陵に作られたこの巨大な観光施設は、閉鎖を余儀なくされた炭鉱の労働者や、その家族たちの雇用先として作られたそうです。

かつては石炭の需要でとても賑わったという街も、小さな牧場や畑以外は商店すら見当たらない村となりました。今では、ハワイを模した巨大なレジャー施設だけが生き残って黙々と運営を続けているのです。

その施設には、温水プールがあり、熱帯植物園があり、あちこちにハイビスカスやブーゲンビリアが咲き、日帰り温泉や宿泊施設があり、ゲームセンターがあり、チャペルがあり華やかな結婚式も執り行われます。

その中心に巨大な宴会場があって、毎週末や祝日にアイドル歌手や演歌歌手の歌謡ショーが開催されていました。歌謡ショーが開催されない日には毎日何度もポリネシアンショーが開催され、隣接しているスプリングパークという施設に設えられたステージでは、フラメンコショーなどのダンスショーも催されているのです。

017　タヒチアンの涙 Tears of Tahitian

3
《ダンサーを夢見て》

「わたしねえ、ダンサーになるから！」

学校帰りの電車の中でユウコに打ち明けました。

「うん、キョウコなら大丈夫！　絶対にダンサーになれるよ」

カバンに付けたキャラクターのぬいぐるみを弄りながら、ユウコが弾けるように笑って応えてくれました。

「だよね～！　わたし毎日鏡の前で二時間も踊ってるんだからぁ」

わたしはダンスが大好きな子どもで、大人になったらきっとダンサーになるのだと疑いもなく信じていました。だから、山の中にあるダンサーの養成学校で学ぶことに何の違和感も覚えていませんでした。

横浜の高校を卒業したわたしは、卒業してすぐに遊び半分で応募したオーディションに受かってしまい、東京にあるプロ野球チームのマスコットガールをしていました。もちろん、受かるとは思っていませんでした。それは突如舞い降りた夢のような役柄で、華やかな舞台に立ち、プロの選手から大人の世界に誘われたりして、とてもドギマギしていました。

でもダンサーになるつもりの自分にとって、これが本当の仕事だとは思えなかったのです。そこで自宅から何百キロも離れた山中にあるこのダンサーの養成学校で、地に足を付けてダンスを学ぼうと決心したのです。

「しばらく会えないけど、横浜に戻るときは連絡してね」

ユウコは目にいっぱい涙を溜めて、シュウマイのお弁当と小さなクマのぬいぐるみを渡してくれました。

「もちろん連絡するし、手紙もたっくさん書くからね！」

上野駅まで見送りに来てくれたユウコと別れると、急に心細くなりました。窓から見える見慣れた街の風景もいつしか田畑ばかりになり、そのうち深い森しか見えなくなりました。

ダンサーの養成学校では、クラッシックバレエやモダンダンスやジャズダンスなどの世界中のダンスを学びダンスの基礎を徹底的に叩き込まれました。ダンスだけではなく声楽や、ウクレレの演奏、ときにはマナーや花道や茶道などまで学びました。さらに毎日欠かさずに「ポリネシアンダンス」と呼ばれるジャンルのダンスを徹底的に学ぶのでした。

そもそもこの学校は、巨大な施設のステージダンサーとしてフラなどのダンサーを養成するための学校なのです。ですから、ハワイのダンス「フラ」をはじめとするポリネシアと呼ばれる南の島々で伝承されてきたダンスを身に付けて、同級生の中で頭角を現さなければ、プロとして華やかなステージに立つことはできないのです。

そして、いつの間にか「同期生の誰よりも上手に踊る」ことがわたしの最大の目標になりました。

こうしてわたしのダンサーの養成学校時代は、青春の甘酸っぱい恋や男の子とのデートなどと引き換えに、汗まみれになりながらもダンサーとしてステージに立つ道をひたすら駆け続けていたのです。

もちろん女子として心を寄せる男性はいました。でもそれは、日頃の出来事を伝える手紙を書いてはポストに入れ、なかなか届かない返事を待つのが唯一の楽しみといったささやかなものでした。

そして、来る日も来る日もダンスに身を捧げ続けたのです。

4
《少しカビ臭いソデから》

ステージの左右のスペースをソデ（舞台袖）と呼びます。客席から見た左側を「下手（しもて）」、右側を「上手（かみて）」と呼ぶのですが、なぜだかそれぞれ「左袖」、「右袖」と呼ばれています。

薄暗いソデで待っている間、わたしはダンスの流れを頭の中で何度も反復しながら、そしていつもドキドキしながら、深呼吸をするのです。すると、少しカビ臭い空気を感じるのです。ここは、一年中日光やライトすら当たらない影のエリアです。

そして、突然鳴り響くリズミカルな太鼓のリズムに促され、わたしは左袖から飛び出し、右袖から踊り出たメンバーと合流してスポットライトが降り注ぐ舞台の真ん中で一列に並んで激しく踊るのです。

わたしたちは、基本的に全員ハワイアンのダンサーです。この施設を訪ねたお客様にめいっぱい明るく華やかなダンスを披露して、まるでハワイにいるような晴れやかな気分を感じていただくのが仕事です。

たとえ毎日雨が続いても、手足が痺れるほど寒い雪の日でも、ここは常夏の島。スポットライトという眩し過ぎるカラフルな太陽が照り注ぎ、激しい太鼓のリズムに身を任せてわたしたちはお客様に常夏のハワイを届けるのです。

厳しいダンサーの養成学校で、連日スパルタ教育を受け、ひたすら耐え続けたエリートだけが、このステージに立つことが許されます。そうして鍛え上げられた肢体を誇らしげに光らせて、ダンスは絶頂を迎え、お客様の目と耳を奪い、ご褒美に大きな拍手をいただくのです。ステージから見える半数のお客様の手は、毎日の畑仕事などで分厚くなった手でした。

ステージが終わりソデに戻ると、ダンサーたちは誰もが大きく肩で息をし、身体中から汗を流しています。すると、すぐに客席からアンコールの拍手がうねるように湧き上がってくるのです。

5
《不機嫌な青年との出逢い》

わたしがその青年に出逢ったのは、競馬場でした。

わたしは、ダンサーを目指してクラシックバレエやジャズダンスを都内の幾つかのダンス教室で習いながら、プロ野球チームのマスコットガールをしていました。時にはイベントのコンパニオンやモデルをしたりしながら、ダンス教室の学費に充てていたのです。

そしてそんな忙しい毎日の隙間に、地元の仲良しの女の子たちと会って、流行りのデザートを突付きながら取り止めのないおしゃべりをするのです。ほとんどの話しは、各自の近況報告。夕方から話し始めると、いつの間にか外は真っ暗で、家に帰らないと叱られてしまう時間。でも、今になるとそんな時間が愛おしく感じるほど、女の子たちにとっては大切なひとときでした。

そんなある日、友達のユウコから電話がありました。

「有名ホテルに勤めるボーイフレンドから、夜の競馬に誘われたんだけど」

「え、競馬場？」

競馬といえば、耳に赤鉛筆を挟んで何かブツブツ呟きながら競馬新聞を眺めているおじさんたちのための、どこか不道徳な遊びだと思っていました。ですから余り気乗りはしませんでした。

「アヤもヒトミも来たいって～」

悩んでいると、ユウコは甘えるように語尾を伸ばしました。

「そうね、まだ見ぬユウコのボーイフレンドにも会いたいし、行ってみるかな」

仲良しが揃って出かけるというなら、一緒に出掛けないわけにはいかないのが女の子なのです。

「キョウコ！　こっちこっち」

クラッシックバレエ教室から待ち合わせ場所に駆けつけて改札付近でキョロキョロしているわたしを見つけたユウコが、大きく大きく手を振りました。
人混みを掻き分けながらユウコの近くまで辿り着くと、そこにはめいっぱいお洒落をして、楽しそうに盛り上がっているメンバーが輪になっていました。

お相手のみなさんは、有名ホテルに勤める一流のサービスマンたち。育ちの良さを感じさせる清潔感に溢れていました。わたしが約束の時間に着くと、にこやかに自己紹介が始まっていたのです。
わたしたち女の子は高いテンションのまま3台の車に分乗して、渋滞するテールランプを眺めながら競馬場に向かいました。

初めて見た競馬場は、とんでもなく大きくモダンな施設で、耳に赤鉛筆を差したおじさんなんて一人もいないし、皺一つないアルマーニのスーツを着た若いビジネスマンや高級なバッグやハイヒールが似合うＯＬも多くて、とても意外でした。

わたしは、競馬に詳しいユウコのボーイフレンドに教わって初めて馬券を何枚か買いました。みんなで券売カウンターに幾度も並んだり、大きな声でお目当てのサラブレットを応援したり、外れた馬券を大袈裟に紙吹雪にして暗い空に向かって投げたり。なんだかトレンディードラマのワンシーンの中に自分たちがいるような気がしていました。

そんな盛り上がる仲間の中に一人だけ不機嫌そうな青年がいました。カレは怒っているわけではないけど終始もの静かで、他の人たちのように大きな声で笑ったり大袈裟な仕草はしない人でした。

その青年は、高価そうなTシャツにベストを着てイタリアン・カジュアルなジャケットをさり気なく抱えていました。とても都会的な雰囲気で、ホテルの同期だというメンバーたちよりずっと大人っぽくて先輩格のようにも見えました。カレは二次会のカフェで仲間に勧められると、サラリと部署名と名前だけ言うと自己紹介を済ませました。

そこから本当にゆっくりとですが、わたしの運命の歯車が動き始めることになるのです。一年前に高校を卒業したばかりのわたしには、未来のことなんて知る由もありませんでしたが。

6

《青年が見ていたもの　少女が夢見たもの》

この施設があるのは、東北の農村地帯の真ん中です。娯楽施設といえば、パチンコ店か小さなカラオケスナックしかないような田舎町ですから、この施設は日頃の疲れを流し、夫婦でゆっくり食事をしたり、孫と温水プールを楽しんだりできる、貴重な癒しの場になっているのです。

いつしかそんなお客様の中に、若くて都会的な青年が来てくれるようになりました。時には爽やかなボタンダウンシャツで、時には褐色の肌に似合う白いTシャツ姿で客席に座っているのです。青年は、周りのお客様と雰囲気が違い過ぎて、ステージからも否応なしに目立つ存在でした。

「キョウコのお客さん、毎月来てくれてるよね？」

「特別なお客さまね！」

先輩ダンサーたちに笑いながら突付かれました。

「そんなんじゃあないですよぉ」

ダンス以外に楽しみの少ないダンサーの先輩に恰好の話題にされて、「今日は高そうなイタリアのスーツだったね」とか、「今日は客席にいなくて残念ね！」とか、ことあるごとに弄られるのです。

実は、この男性こそ競馬場で出逢ったカレだったのです。

ダンサーの養成学校でダンスの練習に没頭していたわたしは、競馬場で不機嫌に見えたカレにいつしか好感を抱くようになっていました。そして、時々一方的に近況を伝えていたのです。

兄貴肌で面倒見が良いカレは、わたしを妹のように扱ってくれました。そして、わたしが在学中にプロとして施設のメインステージに立つことを知ったカレが、「出張のついでだから」と東北のこの地まで訪ねてくれたのです。

本当は出張なんかじゃないのは分かっていたけど、「出張だったから、ついでに来たんだよ」と強がるカレが愛おしく、わたしの恋心は高鳴るのでした。

7

《遥かなるタヒチ》

「フラ」はハワイ語で、「ハワイアンダンス」のことや「踊り」を意味します。
だから「フラダンス」と言うのはちょっと間違いなのです。
タヒチ島を離れて、太平洋の島々に漕ぎ出したポリネシアンたちが、ハワイ諸島へ辿り着いて育てた踊りが「フラ」だという説が有力なのです。

幾つものステージがあるこの施設は常夏の島ハワイをテーマにしていますが、大きなステージではフラ以外にポリネシアンショーや、他のステージではフラメンコショーなども踊っていました。

カレが頻繁にステージを観に来てくれるようになって、いつの間にか数年が経っていました。その頃のわたしは先輩たちに追いつくのがやっとで、ダンスのこと以外は何も憶えていないほどタフな毎日を過ごしていたのです。

「フラは眠くなるから、目の醒めるタヒチアンダンスが好きだよ」

夜勤仕事を終えてそのまま車で来てくれるカレにそう言われると、わたしの気持ちもタヒチアンダンスに傾いていきました。そして、いつしか二人の目標が一つになりました。

それは、遥かなるタヒチに行くこと。

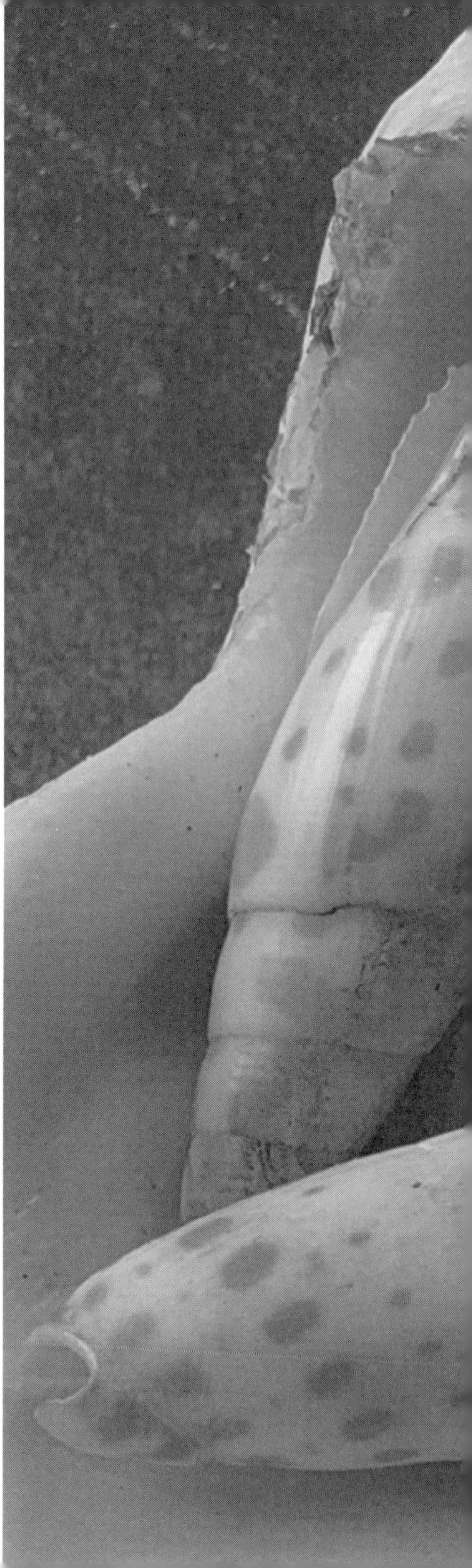

043　タヒチアンの涙 Tears of Tahitian

8
《辿り着いた神の島》

成田からタヒチまでは、エア タヒチ ヌイで11時間以上もかかります。広い太平洋を赤道の南にある島まで飛ぶのですから当然です。

しかし、もしこの唯一の直行便に乗れなければ、タヒチまでは、27時間以上かけて乗り継ぐしかありません。

このエア タヒチ ヌイとは「偉大なタヒチの航空会社」の意味で、フランス領ポリネシア タヒチ政府が自国の経済発展や観光のために出資した航空会社なのだとか。ですから、機内のスタッフもタヒチアン、飲み物や食事などもタヒチのものなのです。

初めて一人で出かける海外旅行。わたしはその機内で出逢った本物のタヒチの雰囲気にすっかり魅了されてしまい、ずうっと興奮がおさまりませんでした。

そして機内で一睡もできないまま着陸のインフォメーションが流れると、眼下にエメラルドグリーンの珊瑚礁が見えました。珊瑚礁は広大な海の中に浮かぶ大きなネックレスのようでした。

旅行雑誌の写真やダンスのイベントなどで上映されるビデオで何度も観てきたはずなのに、それは鮮烈な風景でした。本物のタヒチは、まるで現実のものとは思えないほど神々しく輝いていたのです。

タラップに立つと、滑走路で焼けた熱く蒸した空気が吹き上がってきます。そして高校の校舎のような小ぢんまりしたターミナルで簡単な手続きを済ませ、何年も夢見てようやく辿り着いたタヒチにいざ入国です。

わたしは一人で初めての場所に出かけられませんでした。道に迷うのも怖いし、知らない人に声をかけて道を訊いたりする勇気も持てないからです。そんなわたしが初めての一人旅で、しかも夢にまで見たタヒチです。期待が高まり過ぎて目眩すらしてくるのです。

しかし勇気を取り戻し、旅行のプロでもあるカレに教えられた行き先のメモをハンドバッグから取り出しながら、ガタガタと大きなスーツケースを押してタクシー乗り場を探すのでした。

その頃カレは、格式の高いホテルで責任のある立場になっていました。元々カレは、真面目で手堅いタイプ。仕事も卒なくこなせるし、部下や他のスタッフや上司からの信頼も厚そうなのは、競馬場で初めて出逢った時から感じていました。プロフェッショナルなホテルマンとして、お客様のお困りごとや気持ちに寄り添った配慮ができるのでしょう。もちろん、わたしにとっても心から信頼できる人なのです。

カレへ対する信頼感は、わたしの人生で一度も損なったことがありません。しかし、ダンス以外は右も左も分からないわたしにとって、カレが全力でわたしを支え続けてくれることにわたし自身が強い葛藤を覚えてしまうのでした。

実は、このタヒチ旅行もカレが一人で入念に準備してくれたものでした。けれどわたしは、カレが思った通りに動く人形のような、そんな自分を嫌悪していました。でも、いくら反発してみても、何もかもがカレの言う通りなのです。いつの間にか、「自分で考えて自分で行動できていない自分がいるのはカレのせい」だと、思い込むようになっていたのかもしれません。

9
《神の怒り》

タヒチに行った目的は、タヒチアンダンスの神と呼ばれるマルグリット先生にお会いしてタヒチアンダンスを学ぶためでした。そのマルグリット先生にはカレが事前に連絡を取っていて、お会いできる準備は万端でした。

その頃わたしはカレの勧めもあって、東北にあるハワイアン施設から独立していました。そして生まれ育った横浜で、ポリネシアンダンスを教えるスタジオを始めたのです。

その頃は、盛り上がりを見せていたフラのようにタヒチアンダンスの認知度は高くないし、他にタヒチアンダンスのスクールもありませんでした。なので、タヒチアンダンススタジオという名称では、生徒が集まらないと考えて、フラダンスやダイエットのためのダンスなども教えていました。

それでも、わたしのポリネシアンダンススタジオには、少しずつ生徒も集まり始めていました。

生徒たちの目的は、「スマートで女性らしい身体のラインを作るため」だったり、「健康的な趣味を持ちたいから」などと様々でした。でも通い始めると、すぐにポリネシアンダンスに魅了され、幸いにも多くの生徒が辞めずに長く通い続けてくれました。

そんな中で、わたし自身がプロのダンサーとしてのキャリアに磨きをかけるために、さらにスクールでもこれまで以上にタヒチアンダンスに集中するために広い太平洋を遥かに越えてタヒチに来たのです。

わたしは、はち切れそうに高鳴る胸の鼓動を隠すために、そして人生最大の勇気とともにスーツを羽織り、待ち合わせ場所であるレストラン「ピンクココナッツ」に向かうのでした。

10

《島の涙》

118もの島が集まるタヒチ諸島の中で、最も大きな島がタヒチ島。そこに「ピンクココナッツ」はありました。

ヨットやクルーザーが並ぶマリーナに面し、夜には炎で照らされた店内でタヒチアンショーなども催されるこのレストランは、タヒチを満喫できるとても有名なスポットでした。

タクシーを降り、眩しい太陽が降り注ぐ玄関から天井が高い店内に入ると一瞬周りは真っ暗になって、窓の外に停泊した大きく真っ白なクルーザーの一部と絵の具のような青い海しか見えなくなりました。

暫くすると、ぼんやりとバーカウンターの前に座る、赤いパレオを纏ったマルグリット先生が見えました。先生のお写真は何度も拝見していたので、すぐに先生だと分かりました。

「はじめまして！日本でタヒチアンダンスを教えているキョウコです。今日はお時間を作っていただいて、ありがとうございました」

わたしは駆け寄って頑張って声を振り絞り、緊張した顔の筋肉をどうにかコントロールして笑顔をつくり、辿々しいフランス語で挨拶をしました。

「あなたね、ダンスを学びたいという日本の娘は」

先生の声は低くかすれているものの、ゆっくりとした話し方でした。

「わたしは日本で5年間、プロのダンサーとしてポリネシアンダンスを踊ってきました。わたしはマルグリット先生から本物のタヒチアンダンスを学びたいのです」

身振りも交えてお願いすると、先生の眉間に深い皺が入り、眉毛が少しだけ上がりました。

「私たちタヒチ人が大事にしている文化、先祖代々守ってきた文化を、何も知らない日本人に軽々しくやって欲しくないのよ」

突然雷のようにマルグリット先生の声が重くわたしの上にのしかかって、わたしは言葉を無くしました。思ってもいない状況に、身体中の緊張が頂点に達して、知らない間に熱い涙が目の中に溢れ出していました。

わたしは、これまでタヒチアンダンスを身体に染み込むほど踊ってきました。でも、タヒチのことは何冊かのダンスの本や旅行雑誌で読むくらいしか知りませんでした。わたしは、タヒチのことを何も知らない日本人。マルグリット先生の言う通りなのです。

11

《ほんとうのタヒチへの旅の始まり》

いつしかわたしの瞼には、暗い店内のバーカウンターの前で怒るマルグリット先生の顔が張り付いてしまいました。言葉遣いは落ち着いているのですが、その言葉に強い怒りを感じたのです。

わたしはマルグリット先生とお会いする直前には、これまでの生涯になかったほど緊張していました。しかし、お会いしてから数分後に起きた出来事は、わたしの人生で最大の屈辱でした。それはマルグリット先生に対してではなく、自分の甘さに対してです。強い自己険悪を感じたのです。頑張って交渉を続けて面会を準備してくれたカレにも、大切なチャンスを台無しにしてしまって申し訳ない気持ちが募りました。そしてどうしようもなく悲しい気分になりました。そのシーンは、何度も何度も強い波のように大きく押し寄せ、引いてはまた押し寄せました。夢の中にさえ繰り返し出てきました。

結局、初めてのタヒチで残されたレッスンのための時間は、ただ呆然と過ごすことしかできませんでした。楽しみにしていた綺麗な風景も、美味しいはずのお料理にも、わたしには何も感じられなくなってしまいました。

でも暫くして、自分に足りなかったものをなんとか学ばなければと思うようになったのです。

わたしは、美しい海と島と木陰の涼しさに囲まれ、繰り返し寄せ来る波の音を聴きながら、いつかマルグリット先生に分かってもらえるダンサーになりたいと心に誓い始めたのです。

他にもタヒチアンダンスの先生はたくさんいるのに、そう思うのはなぜなのか、自分でも理解できません。でも、マルグリット先生に言われたことは紛いもない事実でした。ですから、ダンスの前にタヒチの文化を学ぶことが必要だと、ごく自然に思えてきたのです。

色んなことを考え続けていると、いつの間にか夕陽が沈み、世界のすべてが紺色の海のグラデーションに溶け込んでいきました。そしてしばらくすると空に明るい月と満天の星が現れたです。

12

《涙の海で眠る》

成田に戻ると、到着ロビーでカレが待っていました。

わたしからの電話で事情を知っていたカレは、

「チャンスはまだあるから」

と、わたしの大きなボストンバッグが載ったカートを片手で器用に押しながら、冷静な声で励ましてくれました。

「ありがとう。タヒチは素晴らしいところだったけど……」

わたしは言いかけた言葉をロビーの冷たい床に置き去りにして、カレを追って駐車場へと小走りに歩み出しました。

タヒチへの旅を準備してくれたのはカレでした。そして、憧れのマルグリット先生になんとか連絡を取りつけてお会いできるチャンスを作ってくれたのもカレでした。

成田に着いても、何の希望も見出せない気持ちは変わっていませんでした。マルグリット先生にも二度と会えないと思っていました。だから、カレが言ってくれた「チャンスはまだあるから」という言葉も、頭の上を通り過ぎるだけのように感じました。

「蕎麦でも食べようか？」

カレは成田からの帰り道に、店内が静かなわたしが好きな老舗和食店に車を停めてくれました。

「いつでも、僕が応援してるから」

優しそうな着物の女中さんに通された囲炉裏のある個室で、カレの言葉にどうにも涙が止まらなくなりました。

カレは長年勤めたホテルを辞める準備を進めて、わたしが始めたダンススクールを手伝いながらタヒチをテーマにした旅行やイベントの会社を始めようとしていました。カレは、「出張のついでだから」とわたしのステージを観てくれたあの頃から、いつもわたしたちの夢だったタヒチを見ていたのです。

しかし日本に帰って暫く経っても、わたしの心は遠いタヒチの青く深い海で眠り続けていたのです。

067　タヒチアンの涙 Tears of Tahitian

【後編】

13 《ダンサーの見た淡い夢》

随分と長く眠っていました。長い眠りの中で、わたしは日陰に佇んで海を見ていました。
そこは美しいネックレスのような環礁で囲まれているので、浜辺に寄せる波はとても穏やかでした。その波が寄せる時と引く時に、砂や珊瑚の破片がサラサラと転がる音がしました。でもその波の音は、寄せる時と引く時では微妙に違うのです。

しかし風が段々強く吹き始めると、波が泡立ちふくらはぎくらいの深さになるのです。わたしは夢の中で、波に翻弄され踊り続けながらも、いつしかダンスの秘訣を会得していました。さらに踊り続けていると、波打ち際は暗くなってきました。それでもわたしは疲れを感じないまま、満天の星の下で風に吹かれながら先ほどよりさらにしなやかに踊っているのです。

気付くとカレがベッドの側で柔らかくわたしを見ていました。

「わたしはあなたの海に弄ばれる砂粒なのかな?」

「とんでもない。僕はキョウコという人魚姫に仕える鈍臭いウミガメだよ」

「鈍臭いウミガメ?」

わたしが少し笑うと、カレがニヒルに微笑んで言いました。

「朝のコーヒー淹れようか?」

14 《心はいつも海を渡る》

最初はたった三人からスタートしたスクールの生徒は、日増しに増え続けていました。皆さん和気あいあいで、毎回ダンスのレッスンで顔を合わせるのが楽しみで仕方がないらしく、教室には明るい笑い声が響いていました。辞める人がほとんどいないのですから、生徒が減ることはありませんでした。

カレの協力もあって、いつしかスクールは日本でも希少なタヒチアンダンススクールとして育っていきました。

そして何年もかけて学びダンスの腕を磨いた生徒たちに、スクールの講師として活動してもらいました。

カレは、計画通りにタヒチをテーマにしたイベントや旅行を開催し始めました。ホテルマン時代に学んだ観光のプロとしての経験が、タヒチという原石をゆっくりと磨きあげ、輝かしいタヒチの姿が現れ始めていたのです。そしてプロモーションやイベントの力で、タヒチの魅力やタヒチアンダンスに魅力を感じる人たちの輪が全国に大きく広がっていきました。

このイベント『タヒチフェスタ』では、タヒチから本場のダンサーをゲストとして招待することで日本のタヒチアンダンサーたちに本物の魅力を伝えることができました。そして海外で踊りたいというタヒチのダンサーの夢を叶えるイベントにもなりました。毎年何度も開催される大きな会場のステージでは、連日華やかなショーが繰り広げられました。さらに、ショーを観るために驚くほどたくさんの人が集まって評判になり、各地の大型施設などから開催の相談が舞い込みました。

スクールの生徒に向けたタヒチへのツアーも実施しました。旅先のタヒチでは、本場のプロダンサーによるタヒチアンダンススクールを開催したり、タヒチのダンサーを日本に招聘して特別なレクチャーをお願いしたりといった具合です。カレは、タヒチの観光に関わる方々やタヒチ文化関連の方々からもとても信頼されていました。

色んなことが思っていた以上に上手く運んでいる頃でした。講師として活動していた人たちが、次々にスクールを離れて教室を作りました。

世間では、ハワイアンダンスやタヒチアンダンスのブームが起きていました。ブームの背景に、わたしが学んだダンスサーの養成学校やハワイアンセンターのステージをテーマにした映画がありました。

その『フラガール』という映画の影響はわたしたちにとってとても大きく、主人公であるフラガールたちが人生をかけるポリネシアンダンスに、多くの人たちが魅了されたのでした。

こうした大きな動きが起きて、ポリネシアンダンスの評価が上がることは、カレとわたしの夢でした。だから、喜ぶべきことなのです。

ですが、このブームを自分のチャンスに変えようと、わたしのスクールに背を向けるように辞めていく講師たちがいたのです。

わたしが丁寧に時間と愛をかけてダンスを教えてきたのに、これからも愛をかけ続けたい受講生や長年連れ添ってきた講師たちを、スクールやわたしの悪い噂を吹聴してでもむしり取っていこうとする人さえいたのです。

講師たちや生徒たちを心から愛していたわたしは、とても深く傷ついてしまいました。

15

《涙が創った島タヒチ》

タヒチには文字がありませんでした。だから、大切なことを伝える手段としてダンスが生まれたのかもしれません。

マルグリット先生との事件の後も、わたしは頻繁にタヒチを訪ね、色々な先生にダンスを学びながら、毎日タヒチの博物館に通いました。

人懐っこい博物館のスタッフは、雨ざらしになった貴重な収蔵品などを指しながら、時間をかけてタヒチの風習や文化や歴史などを教えてくれました。いつの間にか、タヒチの歴史や文化の研究がわたしの楽しみとなりライフワークとなりました。紐解いていくとタヒチアンダンスの持つ深い意味も理解できてくるから不思議です。

お礼に日本語の解説文を博物館に残し、展示の方法を提案したりしました。そんな日々の中で、こんなことを知ったのです。

『ターロアの誕生』

ポという神様が住んでいる世界がありました。

その世界で卵の中にいたのがターロアでした。

ターロアは、最初は神でも人でもありませんでした。でも、卵の中で一人でいることに飽きあきして、ついには殻を割って卵から出てしまいました。しかし、「誰かいないか」と訊いてもターロアの世界には誰もいないのです。

あまりに寂しくて、その時ターロアが流した涙で広くて深い海ができました。

綺麗な海ができたことを喜んだターロアは、自らの爪を削って魚や亀を創りました。

そして、自分の卵の殻から島を、自らの熱い情熱で太陽を、優しさで月を、自らの背骨で木を創りました。

最後にターロアは、息で青い空を創り、羽で鳥を創り、ポの世界に帰っていきました。

こんな伝承を知って、わたしはタヒチの島全体を包むオーラを感じることができました。そのオーラはわたしの身体全体に広がって、タヒチを想う度に心が落ち着き優しい気持ちになれました。

タヒチでは、「雨に乗って神が降りて来て、虹に乗って帰っていく」と信じられています。だから子どもの頃から、「雨は神様を迎える縁起の良いもの。雨が止んだら虹を見ながら神様をお見送りしましょう」と学ぶのです。

そんな、一つひとつの慣わしや、そこにある想いがダンスに瑞々しさを与えているということを、何年もかけてようやく学びました。

実はニュージーランドのハカやハワイアンダンスも、タヒチのダンスが元になっていると言われています。

男性が踊るダンスの多くは、命を賭けて戦うことを神に誓うダンス。そして女性が踊るダンスの多くは、男性が無事に帰るようにと神に捧げる祈りから始まりました。本来のタヒチアンダンスは、神と民の対話であり祈りだったのです。

そしていつしかタヒチアンダンスは、心に感じる想いを伝える手段となったのです。

16
《波のように踊り続けて》

わたしは子どもの頃から、感情や想いをダンスで表現することが一番の幸せでした。メロディやリズムから感じる、頭の中に浮かぶイメージに身体を預けて踊ることが。そして、自分の周りの空気をダンスで動かしながら、そのイメージで満たすことが。身体で空気に触れる感じ、そして空気に優しく触る感じがわたしにはとても心地よいのです。だからこそ大好きな街や友達や華やかな仕事を離れ、山中のダンサーの養成学校に通ったのです。

「キョウコ。今日から二人はファミリーだから、なんでも気軽に相談してね」

コハイは、誰もが目を離せなくなるほど美しい人でした。わたしの5歳年下で、タヒチの伝統文化の継承者として表彰をされている有名なダンサーの娘。コハイ自身もプロのダンサーとして活躍していました。ですから、コハイとの毎日はダンスが中心でした。

「わたし、こんな綺麗な妹ができてほんとに幸せよ！　尊敬するコハイ」
ダンスの練習から戻り、テラスで夕食を取る美しいコハイを見ていて、ふとそんな言葉が口を衝いて出てきました。

「うふふ、綺麗で優し過ぎて少し頼りないお姉さんだけど、私もキョウコ姉さんをとても尊敬してるわ」

マルグリット先生との事件以来10年間、わたしはタヒチへ行くとコハイの家で生活をして、タヒチの歴史やタヒチ語や食文化や女の子の休日の過ごし方などを学びながら過ごすのです。

もちろんコハイの紹介で色々な先生にも恵まれてダンスも学びました。ダンスに関するタヒチ語やその意味や、活字の代わりに受け継がれてきた多くの振付なども。
そしていつしか、現地のディナーショーなどにも出演させてもらえるようになっていました。

「ダンスに技術は大切。でも、心の伴わないテクニックだけの踊りはタヒチアンダンスじゃないの。他のダンスも同じよね？」
木陰でくつろぎながら、夜風に吹かれながら、朝食を楽しみながら、色々な場面でコハイがダンスに伴う動きの意味を丁寧に教えてくれました。

ダンサーの内側から湧き上がる喜びや哀しみや願いや感謝が、荒れ狂う海や穏やかな風や降り注ぐ月の光が、ダンサーの腰や手足や指先までも自然に動かす。そんなタヒチアンダンスが見る人の心に刺さり、心を動かすのです。

タヒチの文化や歴史について学びながらコハイと暮らした日々の一つひとつが、わたしのダンスを根底から作り直してくれました。

それぞれのダンスにそのダンスが生まれた意義や背景があって、そんな深いルーツにダンスは支えられているのです。今まで、何年もダンスを学んできましたが、その間はプロとして上手に見えるテクニックを身に付けることに必死でした。

マルグリット先生から言われたように、タヒチアンダンスはタヒチのことを何も知らないわたしが、突然学べるものではなかったのです。わたしは長年かけて、ようやくマルグリット先生に心からありがとうと言える気持ちになっていました。

でも、マルグリット先生には二度と会えませんし、会ってもくれないでしょう。そう思う度に、わたしの心は重たく深い海に沈んでしまうのでした。

17
《晴れのち雨》

タヒチの朝は鳥の声で目覚めます。色々な鳥たちが、朝日の中で鳴き声を交わすのです。窓から差し込む日差しの中で微睡《まどろ》むわたしには、鳥たちの交わす声が授業前の同級生たちの声に聞こえていました。

その日は、グループレッスンの日でした。わたしは、タマリキ・ポエラニ（Tamariki Poerani）というチームに参加して、マカウ・フォスター先生にダンスを学んでいたのです。

タマリキ・ポエラニは、コハイが所属するプロのチームでした。このチームで、プロダンサーの憧れのステータスでもあるコンペティション『Heiva I Tahiti（ヘイヴァ・イ・タヒチ）』の優勝を目指していたのです。

タヒチアンダンス界の重鎮マカウ先生に学んだタマリキ・ポエラニは、伝統的なタヒチアンダンスを重んじながらもパワーが溢れる素晴らしいチームでした。しかし、この時の『Heiva I Tahiti』では、優勝どころか入賞すらできませんでした。

優秀なプロダンサーが揃って十分な練習を積み重ねたチーム、タマリキ・ポエラニ。そんなチームが優勝どころか入賞もできなかったことは、わたしにもチームのメンバーにも、どう考えても納得できない結末でした。

結果発表後のチームは、突然大切な家族を亡くしてしまったように、唖然とし、沈黙に包まれ、そして全員がマスカラが流れ落ちるほど声を殺して涙を流しました。

その後暫くして、わたしは仲の良い姉妹のようだったコハイと修復ができないほどの喧嘩をしたのです。

喧嘩の原因は、タマリキ・ポエラニの敗因についてでした。

「日本人のキョウコが参加したから審査対象から外された」

というのがチームのほとんどの人が信じた敗因でした。

マカウ先生は『Heiva I Tahiti』で、わたしにセンターに立つように指示してくれたのです。わたしも、その期待に応えようと必死で練習をしました。そして、見事なチームワークと十分なダンスで悔いの残らないステージを終えることもできたと思いました。ステージのフィナーレでは、足が震えるほどの感動を覚えました。

しかし、入賞すらできなかったのです。ですからわたしだけではなく、コハイヤ一部のダンサーたち、マカウ先生すら落胆せずにはいられなかったのは当然だと思います。

だからといってコハイに「キョウコのせいで入賞すらできなかった」と面と向かって言われてしまうと、どうにも我慢できず、つい言い合いになってしまったのです。

「日本人のキョウコが参加したから審査対象から外された」とみんなが言うのには理由がありました。それは、『Heiva I Tahiti』の審査委員長が、あのタヒチアンダンスの神様マルグリット先生だったから。マルグリット先生は、タヒチアンダンスの歴史や独自の文化などを守る立場だったからなのです。

実はわたしが参加する以前にも、日本人が『Heiva I Tahiti』に参加したことはあったそうです。ただ、わたしはファーストラインのセンターという重要ポジションだということで地元のメディアでも注目され、何度も取材を受けていました。マルグリット先生は、タヒチアンダンスの伝統や格式を守るためにも、タヒチアンにとってとても神聖な『Heiva I Tahiti』で日本人がタヒチアンダンスをセンターで踊ることを認めてはくれなかったのかもしれません。

言い合いでわたしが泣いていると、マカウ先生が「キョウコのせいなんかじゃない、わたしたちのチームより他のチームが素晴らしかったんだ、だからまた頑張って入賞していつか優勝を目指そうね」と言ってくれました。

わたしは、日本に帰るためにタマリキ・ポエラニを離れましたが、コハイとは仲直りができました。そして、後にタマリキ・ポエラニも『Heiva I Tahiti』で優勝することができたのです。

この『Heiva I Tahiti（ヘイヴァ・イ・タヒチ）』は、6月末〜7月にかけて約1か月間にわたり音楽、ダンス、歌が繰り広げられるタヒチ最大のお祭りです。

かつてタヒチ王朝を築いたポマレ2世は国教をキリスト教と定め、肌を露出し腰を振るタヒチアンダンスはキリスト教に反する淫らなダンスとし公共の場で踊ることを禁止しました。その後、約60年の時を経て、ポマレ5世が統治権をフランスに譲渡して、タヒチはフランス共和国の一部となりました。その際にフランス政府はタヒチの芸能を規制する法律を撤廃。その年の7月に『Heiva I Tahiti』が開催されたのです。

『Heiva I Tahiti』のメインイベントは、ポリネシアンダンスのコンテストです。タヒチアンダンスに多くのチームが集結し、会場は熱気に包まれるのです。

タヒチにマドレーヌ・モウアという人物がいました。

「タヒチ人に悩みなどは、微塵もない。彼らは大西洋の船を転覆させる強い風のような激しい性格の持ち主だ。すべての感情はダンスとなって体現される。それを私は身体の奥から感じている」という名言を残したタヒチアンダンスの偉人です。

わたしはマドレーヌ・モウァに学び「すべての感情はダンスとなって体現される」という言霊に魅せられ、そして支えられていました。

そのマドレーヌ・モウアは、19世紀後半から復活し始めたダンスの伝統を後世に残すため、ステップやジェスチャーの体系化に努めました。1956年には彼女が率いるダンスグループ「ヘイヴァ」が誕生し、その後タヒチの観光の発展と共に公共のダンスを披露する機会が増え始めたのです。それ以前は、ダンスグループは地域ごとに結成されていましたが、「ヘイヴァ」の結成に刺激されプロのダンスグループが生まれ始めたのです。

マドレーヌ・モウアは、ヤシの実ブラジャーや、下にパレオ、モレなどをまとい、肌を見せる衣装をあえて取り入れ、ヘッドドレスも高くそびえるデザインにしました。さらに、振付やショーの構成などもマドレーヌ・モウアによって進化を遂げました。

その後、「ヘイヴァ」出身のダンサーたちが「イアオラナ・タヒチ」や「テ・マエヴァ」といったグループを作りました。ティウライでのダンスコンクールでお互い競うようになると、ダンスは7月の祭りに欠かせないものとなっていきました。

『Heiva I Tahiti』の始まりは、１９８４年。

フレンチポリネシアの自治権確立をうけて、ティウライは昔の人々の祭り「ヘイヴァ」に名前を変えました。そしてタヒチの人々のダンス「オリ・タヒチ」が伝統として改めて尊ばれるようになりました。その後マドレーヌ・モウアによって体系化されたダンスが、今日にいたるまで引き継がれているのです。

18

《別れは突然訪れる》

カレとわたしには一人娘がいます。しかしダンススクールや会社の運営は多忙を極めていました。そして娘は、お互いの両親やスクールの受講生や講師たちにかわいがられて育ちました。

わたしには娘に美味しい料理をゆっくり作ってあげる時間も、一緒にクッキーやケーキを焼く時間さえもありませんでした。

数少ないお休みの日、カレは娘の良いパパでしたし、わたしも良いママになりたいと思っていました。大きな車に乗って遊園地に出かけるわたしたち三人は、きっと誰が見ても幸せな家族に見えたと思います。

でもカレと向き合うと、どうしても仕事の話が出てきてしまいます。仕事の話をしなくても、仕事のことがお互いに気になって仕方なくなってしまうのです。いつしか、仕事に対する不安やお互いに対する不満が、わたしたち二人の間に深い溝を作っていたのです。

遊園地の帰り道で疲れて不機嫌なわたしにとって、仕事の話は「カレが辛く当たっている」としか思えませんでした。そしてわたしにとって、カレそのものが仕事のように感じるようになり始めていたのです。

「お休みの日に仕事の話はやめにしない？」

「でも、明日の朝に返事をしないと間に合わないんだよ」

サービス業のプロフェッショナルでもあるカレには、お客様や仕事の関係者に迷惑をかけることは決してできないのです。

子どもの頃からダンサーになると決めていたわたしは、いつもいつまでもダンサーとして踊っていたい、踊って自分の気持ちを表すことだけで十分に幸せなのです。それなのに、会社の判断を迫られたり、教室の運営のためにハラハラしながら銀行からお金を借りたり、スタッフたちに裏切られたりと、心が擦り減ることも多く、いつの間にか大所帯になってしまったスクールの校長としての仕事に長い時間を割かれてしまうのです。

その頃のわたしは、わたしの人生ではなく、カレの計画通りの人生を生かされているようにさえ感じていたのかもしれません。

決してそんなことはないのに、そして物事の判断や流れはことごとくカレの予想通りになるのに、わたしの人生はカレという強く大きな波に翻弄されていると思えて仕方がありませんでした。

ついにあらゆることが我慢できなくなってしまって、わたしはカレに仕事を任せ、娘と家を出ました。そして、カレとのプライベートな関係を断ってしまいました。

真面目に仕事に取り組む余り、二人にはプライベートな時間を持ったり、心を癒し合うことができなかったのです。別居することで、ほんのひと時でも仕事の苦しみから逃れられる。その時はそれだけで良かったのかもしれません。

しかし、今でもカレは素晴らしいビジネスパートナーで、心から尊敬できる経営者だと思っています。

19

《涙は慈悲と他利の海を創る》

カレは、みんなが知らないところで粘り強く頑張る人。そしてスクールを支えるために、タヒチアンダンスショーやタヒチの物産展などを開催する『タヒチフェスタ』を企画して実施してくれました。

長年続くこの『タヒチフェスタ』には、日本全国からタヒチアンダンスのチームが集まるようになっていました。いつの間にか、タヒチアンダンスを踊る人たちが、全国に広がっていたのです。そしてここには、タヒチで活躍する現地のプロダンサーチームも参加してくれました。

実は、カレはその『タヒチフェスタ』にご出演いただきたいと、あのマルグリット先生に何度も出演依頼を続けていたのです。

マルグリット先生の出演交渉は、そう簡単なことではなかったようです。しかし根負けしたのか、ある時、日本で開催される『タヒチフェスタ』にマルグリット先生が率いる世界的なダンスグループ（オ・タヒチ・エ）が出演し、先生ご本人もわたしのダンススクールのアドバイザーとしても来日してくれることになったのです。

わたしはカレにその話を聞いた瞬間に、初めてマルグリット先生にお会いした「ピンクココナッツ」の暗い店内での出来事を思い出して、手足や背中が冷たくなるのを感じました。

日本にマルグリット先生がいらっしゃって再会したら、

「タヒチのことも知らないのに、まだタヒチアンダンスを教えていたの？」

と、また叱られるのではないかと、ビクビクしていました。

そんなマルグリット先生が、先生の生徒であるプロダンサーたちを引き連れて、わたしの教室に来てくれたのです。

そして、教室でお連れのダンサーさんからダンスについての丁寧なアドバイスが終わると、突然マルグリット先生が踊り始めたのです。

マルグリット先生の踊りは、どこからか柔らかい風が吹き抜けたような一瞬の動きから始まりました。マルグリット先生が動くと、先生の周りの空気が流れ始め、その流れに教室全体が包まれました。

ビクビクしていたわたしも、わたしの生徒たちも、スクールの講師たちも、そしてマルグリット先生のお連れのプロダンサーさんたちもその空気に驚き、目を釘付けにされたのです。

先生が踊り終え、また緩やかに身体の動きを止めると、何もなかったかのように教室全体の時が動き始めました。

その時わたしもですが、マルグリット先生のお連れのダンサーさんたちもみんな涙を流していました。それほどマルグリット先生のダンスは美しいものでした。お連れのダンサーたちでさえ見られるチャンスがないそうなのです。

マルグリット先生と対面し、緊張を押し殺してどうにかお礼を告げると、マルグリット先生が落ち着いた低い声でゆっくりと言いました。

「キョウコ。もしわたしにダンスを教わりたいと思うのなら、タヒチに来なさい。タヒチでしか教えられないことがあるから」

20

《神は島に舞い降りた》

タヒチ島の「ピンクココナッツ」でマルグリット先生の逆鱗に触れた翌年でした。タヒチ最大の環礁を持つランギロア島で出逢ったミュージシャンのプヌアに、わたしにダンスを教えてくれるダンサーの手配をお願いするなど、大いにお世話になっていました。それから、本場のタヒチアンダンスを学ぶために幾度となくタヒチを訪ねていました。

ランギロア島はタヒチ語で、「果てしない空」という意味でした。そのどこまでも続く空とエメラルドグリーンの環礁が美しく、環礁の上には小さな村が点在しているのです。

プヌアは、そんな島で育った純粋でとても愉快な人でした。出逢ってすぐにプヌアは、

「マルグリットおばさんは親戚だよ。島の人はみんなダンサーやミュージシャンでファミリーなんだ」

と教えてくれました。

でも、それは島の独特で大雑把な意味で「みんな親戚みたいなものだ」ということであって、本当に親戚だとは信じていなかったのです。

それから10年後、タヒチでプヌアが真剣な顔をして言うのです。

「キョウコ、今日マルグリットが来るから会わないか?」

マルグリット先生からは、横浜の教室で

「タヒチに来なさい。タヒチでしか教えられないことがあるから」

と言われていました。実はこの来日もプヌアがマルグリット先生に根回しをしてくれたことで実現できたことだったたと、後に知りました。

もちろん世界的なダンサーのマルグリット先生にダンスを教えていただけるなんて、夢のようです。でもその神のようなダンサーに、何をどう教えてもらうのか。わたしには想像もつかず、怖くて連絡もできないままだったのです。

21

《朝日は海から昇る》

待ち合わせのグリーンラグーン島にあるプヌアの別荘に着くと、青いパレオを纏ったマルグリット先生がプヌアとビールを飲みながら上機嫌で話をしていました。

タヒチはフランス語とタヒチ語が公用語で、街の若い人はフランス語で会話をしています。テレビでも、フランスのニュース番組や映画や音楽番組がそのままテロップなしで流れています。でも、地元の人の挨拶や日常会話はタヒチ語です。そして、年配の人ほどタヒチ語で話をします。ランギロア島で生まれ育った二人の会話には独特の単語やイントネーションがあって、わたしにはほとんど理解できないものでした。

「マルグリット先生、横浜では大変お世話になりました。横浜で先生に再会できてとても嬉しかったです。こうしてタヒチで再びお会いできる日を迎えることができるなんて、夢のようです。そしてプヌア、この場を用意してくださって本当に感謝しています」

わたしは、二人の楽しい時間を邪魔しないように恐るおそる、でもにこやかにご挨拶をしました。何も緊張することはないんだと、何度も心に言い聞かせて今日はここにやってきたのです。


「キョウコ。長い時間タヒチの勉強をしているとプヌアから聞いたよ。でも、今日はダンスを学びに来たんだよね」

「はい、マルグリット先生に学びたいんです」

「ではキョウコ。この浜辺をここが見えなくなるまで西に向かって歩きなさい。そして見えなくなったらまた戻ってきなさい。戻ったらまた見えなくなるまで西に向かって歩きなさい」

マルグリット先生が白い砂浜の果てにある岬と自分の足元を何度も交互に指差しながらそう言うと、いつもにこやかに笑っているプヌアが一瞬真面目な顔になりこちらを見つめました。

「キョウコ。大丈夫?」

「はい、やってみます」

わたしは、用意したダンス用の着替えが入った荷物をプヌアに預け、日陰のない真っ白な砂浜を黙々と歩き始めました。

22

《エンディング》

果てしなく続く白い砂浜には、タヒチ特有の緩やかな波が打ち寄せ、そして引いていきました。

わたしはマルグリット先生に言われるまま、西に向かって歩きました。空はどこまでも碧く続き、白く輝く砂浜が永遠に続き、その境目は遥か向こうの水平線で点になっていました。

歩き始めると、眩しい太陽が降り注いで、柔らかな砂浜はわたしのサンダルに絡みつくのです。

もう何往復歩いたでしょう。真上にいた太陽がヤシの森に傾き始めると、ヤドカリが一斉に砂浜の穴から顔を出し、鳥のさえずりが大きくなりました。ヤドカリは、森に食事に向かい、鳥は仲間と共に高いヤシの木のベッドに戻ってくるのです。そしてわたしは延々と砂浜を歩いているのです。

いつの間にか、涙と汗が首筋を伝い胸元に滴り、何万年も太陽の光を反射し続けてきた珊瑚の砂浜に消えていくのです。

歩きながらわたしはカレのことを思いました。わたしは一緒にいるとどうしても辛くなってしまい、娘を連れて家を出たのです。それでも、変わりもなくわたしと娘を支え続けてくれるカレ。

そして娘のことを思いました。忙しくて、母らしいことは何もしてあげられなかったけど、娘はわたしよりずっと素直にそして賢くたくましく生きています。そんな娘をとても誇りに思うし、産んであげられて良かったと思うのです。

長年続けてきたダンススクール「オリ　タヒチ　タヒチアンダンススタジオ」のみんなの笑顔も次々に思い出されました。その中には、わたしやダンススクールを貶めるような作り話を流して、他の講師や生徒たちを連れて独立した講師もいました。その時は、精一杯尽くしていたのに酷く裏切られたという思いで、苦しくて仕方がなかったものです。でも、今はまた彼女たちと何もなかったように踊れたら楽しいだろうなと思えたのです。わたしがカレから逃げ出したように、きっと彼女たちにも夢や現実があってそうするしかなかったのだと思えるのです。

寄せては離れていく波音が、わたしのステップを軽やかに支えていました。気付くと、心地の良い鳥のさえずりが汗と涙まみれのわたしを天空高くへと誘っていました。

いつしかわたしは白いサンダルと上着を脱ぎ捨て、裸足になり、ワンピースの胸元を大きく開いて踊っていました。

「やっと見つけたのね」

後ろから誰かの声がしました。

「キョウコ、頑張ったね」

もう一人の声がしました。


誰もいない寂しさにターロアが流した涙で、この広くて深い海ができたのです。そして、綺麗な海ができたことを喜んだターロアは、自らの爪を削って魚や亀を創りました。さらに、自分の卵の殻から島を創り、自らの熱い情熱で太陽を、優しさで月を創りました。

わたしが踊り続けていると、いつしか波打ち際は暗くなっていました。それでもわたしは疲れさえ感じないまま、満天の星の下で先ほどよりさらにしなやかに踊り続けました。情熱的な太陽に代わって現れた母のように優しい月は、わたしを穏やかに見つめていました。

あとがき

この小説は、タヒチアンダンサーTe Ra KYOKOさんへのインタビューを元に著者が再構築したものです。

インタビュアーは、長年心理学を研究されている三尾眞由美博士です。多くの方々の悩みを傾聴することでクライアントの問題解決力を引き出すそのインタビュー力がこの小説の重要な土台となりました。

主人公の「キョウコ」ことTe Ra KYOKOさんは、この小説に描かれたイメージ通りに、迷いながらも自らどんどんダンスの世界に飛び込み、様々な経験を受け入れ、そして美しくも深みのあるダンスへと昇華させてきた日本を代表するタヒチアンダンサーでありダンスの良き指導者であり一流の振付師です。そして、長年のビジネスパートナーでもある「カレ」こと大石暢さんと共にタヒチアンダンス教室「オリ　タヒチ　タヒチアンダンススタジオ」や、『Tahiti

Festa』などタヒチプロモーションの活動を通じてタヒチアンダンスを広めた功績は誰もが認めるものです。

一方、著者は画家や小説家に憧れながらもコンサルティングやデザインなどの仕事や遊びにかまけてきました。しかし、自らがアドバイザーをしている情報サイト「楽活」を主宰する三ツ井圭さんのご縁で、偶然にもこの小説を書くことになったわけですから、正に「無用の用」。ひたすら砂浜を歩き続けるように一見無駄に見える繰り返しの中にこそ、本質があったのかもしれません。

この作品に出てくるシーンを思い描いていただいたり、タヒチアンダンスに対する興味や想いを深めていただければ著者冥利に尽きます。

追伸

ここからは、後日談となります。

文章の内容は、主人公の「わたし」ことTe Ra KYOKOがスマホで書いた内容を著者が仕上げたものです。その後の「わたし」がどうなったのかご覧いただければと思います。

…

マルグリット先生がわたしのスタジオを訪れたあの日、突然先生が踊り出した時のことです。

マルグリット先生が踊り終えて、その素晴らしさに感動して涙が止まらないわたしや、わたしの生徒たちや同行していたマルグリット先生のダンスチームオ・タヒチ・エ（O Tahiti E）のメンバーの前でマルグリット先生がゆっくりと話を始めたのです。

それはオ・タヒチ・エが『Heiva 2019』に出ると言うニュースでした。そこにいたダンスチームのタヒチアンたちはその朗報にとても興奮し、さらに涙を溢れさせて喜んでいました。

その時です。感謝や感動の涙が取り留めもなく流れ出すわたしに、マルグリット先生が、

「キョウコにも出場してもらいたい。そして、あなたの娘も一緒にね」

と言うのです。

わたしもその場にいたわたしの生徒たちもオ・タヒチ・エのタヒチアンたちも、みんな唖然としていましたが、その次の瞬間にタヒチアンたちが、

「キョウコ凄い！よろしくね〜！」

と飛び跳ねて喜んでくれたのです。


その場が急に盛り上がり、わたしは驚きを通り越して、

「夢なのかなぁ？」

と隣にいた生徒に、泣きながら訊いてしまいました。

隣の生徒はわたしを見つめ、真面目な顔で言いました。

「キョウコ先生。大丈夫？」


それからわたしは、『Heiva I Tahiti 2019』の出場に目標を置きました。

ダンス教室の仕事をしながら、『Heiva 2019』で踊るためのトレーニングをし、

フランス語やタヒチ語をさらに勉強しました。日本にいる間にできる限りのことをしなければと。

その年5月にわたしは娘を連れてタヒチへ降り立ちました。娘がいるためなのか、２００９年に『Heiva I Tahiti』に出場した時よりも、ズシンと重さを感じていました。

きっとマルグリット先生がわたしと娘を共演させることには、何か深い考えや意味合いがあったのではないかと思いました。『Heiva 2019』への参加は、娘と一緒に出ることが条件だったのです。

初めての『Heiva I Tahiti』出場から10年経っての『Heiva I Tahiti 2019』は、わたしにとっても特別なものでした。長くタヒチアンダンスを続けて、たくさん勉強も経験もして、『Heiva I Tahiti』の文化を現地のタヒチアンが大切にしてきた意味もきちんと理解できたつもりです。
タヒチでは、マルグリット先生の家に住まわせていただきながら、『Heiva I Tahiti』がどれだけタヒチアンたちに欠かせないものかを、生活を通して理解することができました。

わたしたちは、ほぼ毎日『Heiva 2019』に向けた厳しいダンスの練習を続け、夜はマルグリット先生に倣い毎日ダンサーたちの衣装作りを手伝いました。
ですから、寝る時以外はずっとマルグリット先生と一緒でした。そこでは、特別な絆が生まれました。ほとんどわたしが悪いのですが、洗濯物の干し方やシャワーの順番で揉めたりもするくらい、マルグリット先生はわたしたちをまるで家族のように扱ってくれました。

そして、マルグリット先生のダンスチーム、オ・タヒチ・エのメンバーは、

『Heiva 2019』で総合優勝を果たすことができました。その年はミュージシャンも入れて合計220名という、マルグリット先生が中心のとても大きなチームで出場したのです。

そんなオ・タヒチ・エのメンバー全員が、「マルグリット先生に優勝を捧げたい」と願っていました。そしてその想いは、強く確かなものでした。

しかし本番には、滅多に降ることのない雨が降りました。嵐の中でマルグリット先生がダンスにストップをかけました。わたしたちは、雨の中で泣きました。日本からわたしの生徒たちが何十人も応援に駆けつけてくれていて、生徒たちも観客席で泣いていたようです。日をあらためて、もう一度踊ることはできましたが、帰国の予定が変えられず、残念ながらそこにわたしの生徒たちはいませんでした。

実は、マルグリット先生は『Heiva 2019』で引退をすると宣言していたのです。

長年、タヒチの伝統文化を支え指揮をされてきたマルグリット先生のラスト Heiva になると聞いた現地のダンサーや関係者が会場へ集結していました。マルグリット先生のラスト Heiva をひと目観たくて、たくさんの人たちが集まり、マルグリット先生は称賛されていました。


『Heiva I Tahiti』の会場（トアタ）は滅多に雨の降ることのない地域と言われていたので、あの時の雨は本当に不思議な雨でした。

演目の途中での土砂降りの雨に、

「きっとタヒチの神様が、マルグリット先生の引退に涙を流したんだ！」

と声を揃えて言っていました。

マルグリット先生のダンスチームオ・タヒチ・エが『Heiva I Tahiti』で演じた「Te aho nunui」、それは「偉大な息吹」を意味します。

人は生まれた時に息を吸ってから産声をあげる、そして亡くなる時には息を吐いて死ぬ。

2019年に開催された「Heiva I Tahiti」では作家（ストーリー）賞もマルグリット率いるオ・タヒチ・エが受賞したのです。

演じられた「Te aho nunui」は、時代の息吹を子孫が受け継いでいく物語でした。この時代において「ご先祖様から受け継がれてきたことを子孫へ伝えること」、それを止めてはいけない。伝統や文化がどれほど大切であるか、これから後の子孫に残していかなければならないし、それを止めてはいけない。そして伝統や文化がどれほど大切で子孫に残していかなければならないことなのか。それらの重要さがテーマだったのです。

わたしのには、そのダンスから学ぶべきことがたくさんありました。『Heiva I Tahiti』では守るべき伝統は守り、大事なことは残し、ある時は時代と共に進化させ成長させていくことも必要だと。

タヒチでは「伝統文化の継承」を、日本よりもずっと深く捉えて大切にされています。長年受け継がれてきたタヒチアンダンスからは、人々がずっと大切にしてきた伝統や、その伝統を未来にも残そうとしているパワー（情熱）を感じます。

タヒチにいると、自然と共に生きている力を感じます。そして、人が人を大切にしている力も強く感じます。そんなタヒチを凄いと気付かせてくれたのも、プヌアやマルグリット先生でした。

この地上に何もない時、誰もいないことを哀しんだターロアが流した涙で広くて深い海ができたそうです。

ターロアが産んだ海や地上で、今も、そして未来も、幸せな時間が永遠に続きますように。

この本をタヒチアンダンスを愛する方々に捧げます。

ダンスやタヒチに興味がある方は、ぜひわたしたちの活動を
覗いてみてください。

143　タヒチアンの涙 Tears of Tahitian

Produce : Toru Oishi

Direction : Kei Mitsui

Photo：TeRa KYOKO

Listening : Mayumi Mio

Design : SatoRichman

Composition and novelization : Toyohiko Sato

Cover Photo : Tatsuhito Watatani

Cover face painting : Hitomi Fukai

タヒチアンの涙 Tears of Tahitian

2025年1月17日　　初版発行

著　者　SatoRichman

発行所　株 式 会 社　三 恵 社
〒462-0056 愛知県名古屋市北区中丸町2-24-1
TEL 052(915)5211
FAX 052(915)5019
URL http://www.sankeisha.com

乱丁・落丁の場合はお取替えいたします。

ISBN978-4-8244-0061-1